中国诗人

张洪兵

著

YUN●
云

ZHONG●
中

GE●
歌

北方联合出版传媒（集团）股份有限公司

春风文艺出版社

·沈 阳·

图书在版编目（CIP）数据

云中歌 / 张洪兵著 . —沈阳：春风文艺出版社，
2018.4（2021.1重印）
（中国诗人）
ISBN 978-7-5313-5418-5

Ⅰ.①云… Ⅱ.①张… Ⅲ.①诗集—中国—当代
Ⅳ.①I227

中国版本图书馆CIP数据核字（2018）第068164号

北方联合出版传媒（集团）股份有限公司
春风文艺出版社出版发行
http://www.chunfengwenyi.com
沈阳市和平区十一纬路25号　邮编：110003
永清县晔盛亚胶印有限公司印刷

责任编辑：韩　喆　　　　　　责任校对：于文慧
装帧设计：琥珀视觉　　　　　幅面尺寸：125mm × 195mm
印　　张：6.75　　　　　　　字　　数：120千字
版　　次：2018年4月第1版　印　　次：2021年1月第2次
书　　号：ISBN 978-7-5313-5418-5　定　　价：26.00元

版权专有　侵权必究　举报电话：024-23284391
如有质量问题，请拨打电话：024-23284384

总　序

中国是诗的国度。千百年来，人们沐浴在诗歌传统中，传诵着一代又一代诗人写就的经典之作。而伴随着现代社会和互联网的发展，信息的传播和接受更加便捷，诗歌的阅读与创作方式也在潜移默化中被改变，在信息量无限扩大的互联网世界，远离喧嚣、静赏诗意显得尤为珍贵。

中国诗歌网正是在这样的背景下应运而生。作为国家重点文化工程，中国诗歌网以建立"诗人家园，诗歌高地"为宗旨，迅速成为目前国内也是世界诗歌类互联网专业出版平台和中国诗坛最具权威性和影响力的文学阵地之一。

互联网时代诗歌创作的便捷激发了一大批诗歌爱好者与诗人的创作热情，他们在公交车上写诗，在工作间隙写诗，他们创作的诗歌作品贴近现实与生活，在追求好诗的道路上不断前进。春风文艺出版社有着久远的诗歌出版史，《朦胧诗选》和《汪国真诗词精选》曾一度畅销。近两年，春风文艺出版社一直致力于打造优质诗歌的品牌。本着推介中国当代诗人的原则，中国诗歌网与春风文艺出版社决定联合推荐出版"中国诗人"诗丛，共同打造"中国诗人"这一诗歌新品牌。该诗丛计划出版百部优秀诗集，在注重诗歌质量的同时，力求结合互联网与传统出版的优势，通过直观的文本呈现向读者介绍一批热爱诗歌、坚持诗歌创作的诗人，以期汇集中国当代诗歌优秀成果，展示当代诗人的创作实绩与创作风貌。

作为国家文化工程的中国诗歌网，推出"中国诗人"诗丛，也是在整个民族复兴的伟大进程中展示中国人崭新的精神风貌。因此，我们在百花齐放的诗坛，特别关注有家国情怀的厚重力作，提倡来自生活的独特发现，鼓励创新探索的艺术精品，推崇高雅纯真的诗情意趣。我们希望这套"中国诗人"丛书是体现诗坛正能量，能够引人向上、向善、向美的诗歌佳作。

我们满怀期待，我们也真诚希望广大诗人和诗歌爱好者关注这套诗丛，与诗同在，我们为此感到自豪和幸福。我们期待更多的诗人加入我们这套丛书，我们也期待这套丛书走进更多读者的心田！

叶延滨

2017 年中秋前夕于北京

自　序

　　在浩瀚的宇宙间，我只是一位匆匆过客，像清风拂面而过，像浮云在天际飘荡，像涓涓细流静淌……任岁月流逝，容颜日渐衰老，正如草木春秋之天命。

　　我是一位作诗吟唱的歌者，真身一人，幻象万千，常身游梦幻。因为有缘，故能用心去发现，用心去捕捉，用心去感受一切的一切，并用诗歌的语言抒写风花雪月，描绘山高水长等世间物态，表达情感，尽力展示自然之美，生活之趣，诗歌之妙。

　　作为过客，我与悠悠白云同行，邀徐徐清风做伴，轻缓慢行，有流连，有畅想……一路走过，一路浸身于自然物象：轻轻的，幽幽的，细细的，斜斜的，静静的，飘飘的，点点的，凄凄的，暖暖的……从中思索并迸发灵感，一路作诗歌唱，且走且唱。心中的情感和热望，似山泉流淌。

　　我有一颗易感的心，带着童真的好奇和梦幻，切身去体会世间物态，喜乐随心，同喜同悲，并及时抓住灵感，表达内心真切的感受，以及所思、所想和所悟。

我是一个索求者，在内心深处总有一种渴求，催动自己去思考，上下求索，通达物性，催生灵感。

在天地之间，在灵魂深处，有一种力量，总是让我体会着，思想着，感悟着……

我注定了是"春蚕"的命，在咀嚼和品味之余，经过消化和酝酿，吐出做茧的"丝"。我双手捧出他们，用来分享，希望大家能喜欢。

继《红地毯诗集》出版后，《云中歌》是我的又一册诗歌作品的荟萃，收集了我自2007年7月份至2017年8月份创作的一些作品，共191篇。按表达内容分，主要有抒情诗、爱情诗、叙事诗、感悟诗等；按体式分，有现代诗和古体诗。诗歌创作的题材包括风花雪月的探境、生活的情趣、生命的感悟、往事的追忆、景物的兴致、人生的向往、情感的追求、人性的鞭挞等。在表现手法上既有细腻释然的描绘，也有点到为止的简要抒写。在表现风格上既有婉约之声，亦有豪放之气。凡创作，必先参透物性，然后能写；诗中有画，情景交融；既有乡土气息，又有都市情怀。概而言之，因时因情因境，挥洒笔兴。

世间之事，唯勤才能见功夫，唯勤才能有厚得。今后我会继续努力，力争创作更多更好的作品以飨读者。

张洪兵

2017年8月

目　　录
CONTENTS

现代诗

我想和你在一起	/3
谢了	/4
那一日	/5
寻觅	/6
最是那一点点温柔	/7
泪水呀，为谁流	/8
话金牌	/10
那条小河	/11
黄河谷公园	/13
骆马湖	/14
相逢	/15
风之语	/16
远方的歌	/18
彼岸	/19
雪	/20
冰河	/21
冬藏	/22

目　　录
CONTENTS

心灵驿站 /23

石榴 /24

毕业照 /25

船渡 /26

伤痕的思索 /27

烟花 /28

过年絮语 /29

心烦 /30

晴空 /31

小事 /32

烈焰 /34

天使与魔鬼 /35

忧愁谷 /37

善良 /38

林荫之伴 /39

春土 /40

轻漾的水波 /41

湖畔望月 /42

想起老水车 /43

山药蛋 /44

目　录
CONTENTS

春天的放飞　　　　　　　　　　　　　/46

三月天　　　　　　　　　　　　　　　/47

那片竹林　　　　　　　　　　　　　　/48

紫丁香　　　　　　　　　　　　　　　/49

早起的理由　　　　　　　　　　　　　/50

故里云烟　　　　　　　　　　　　　　/51

高山仰止　　　　　　　　　　　　　　/52

京西未了情　　　　　　　　　　　　　/53

水之灵　　　　　　　　　　　　　　　/55

房子　　　　　　　　　　　　　　　　/57

涨潮　　　　　　　　　　　　　　　　/59

布谷鸟　　　　　　　　　　　　　　　/61

天真的世界　　　　　　　　　　　　　/62

热恋的诗行　　　　　　　　　　　　　/64

尽兴　　　　　　　　　　　　　　　　/65

依偎　　　　　　　　　　　　　　　　/66

泪奔　　　　　　　　　　　　　　　　/67

相拥　　　　　　　　　　　　　　　　/68

生活的节奏　　　　　　　　　　　　　/69

朝霞之恋　　　　　　　　　　　　　　/70

目 录
CONTENTS

麦收 /71

爱的小屋 /73

希望 /75

想起煤油灯 /77

乌鸦 /78

晚霞飞目 /79

泡桐树 /80

毛窝子 /81

夜色流连 /82

甜甜的梦 /83

玫瑰之恋 /84

忧心滂沱雨 /85

知足 /86

雨夜漫步 /87

远方 /89

孤魂 /90

野风吹 /91

大叶杨 /92

鸟的天堂 /93

直白的情书 /94

目　录
CONTENTS

老榆树　　　　　　　　　　　　　　/95

知了壳　　　　　　　　　　　　　　/97

蝉鸣　　　　　　　　　　　　　　　/98

伴读　　　　　　　　　　　　　　　/99

南瓜汤　　　　　　　　　　　　　　/101

独轮车往事　　　　　　　　　　　　/102

乡镇老街　　　　　　　　　　　　　/104

你的样子　　　　　　　　　　　　　/106

懒懒的婚事　　　　　　　　　　　　/107

莲花　　　　　　　　　　　　　　　/108

愁怨的风　　　　　　　　　　　　　/110

痴恋　　　　　　　　　　　　　　　/111

远走他乡　　　　　　　　　　　　　/112

执着的目光　　　　　　　　　　　　/114

乡村号子　　　　　　　　　　　　　/115

沉静的湖　　　　　　　　　　　　　/116

错位的忧伤　　　　　　　　　　　　/117

水木餐厅　　　　　　　　　　　　　/118

土坯草房　　　　　　　　　　　　　/119

菜园　　　　　　　　　　　　　　　/120

目　录
CONTENTS

"行走"的诗篇 /121

沉醉的心 /122

泥泞 /123

干裂 /125

照亮的生活 /126

蹚水 /127

游泳 /128

采蚌 /129

粘网 /130

日晒之钓 /131

家里有了自行车 /132

肩扛 /133

曾经的你 /135

想哭 /137

荒草 /138

白云幻境 /139

溪流 /140

高高的山峦 /141

皂角树 /143

海边沙滩 /144

目　录
CONTENTS

狂风　　　　　　　　　　　　　　　　/145

乌云　　　　　　　　　　　　　　　　/146

闪电　　　　　　　　　　　　　　　　/147

流星　　　　　　　　　　　　　　　　/148

惊雷　　　　　　　　　　　　　　　　/149

海鸥　　　　　　　　　　　　　　　　/150

月牙儿　　　　　　　　　　　　　　　/152

虫鸣　　　　　　　　　　　　　　　　/153

搓绳的岁月　　　　　　　　　　　　　/154

古体诗

云中歌　　　　　　　　　　　　　　　/157

酒兴　　　　　　　　　　　　　　　　/158

话重阳　　　　　　　　　　　　　　　/158

禅境　　　　　　　　　　　　　　　　/159

秋叶　　　　　　　　　　　　　　　　/159

秋月　　　　　　　　　　　　　　　　/160

云之歌　　　　　　　　　　　　　　　/160

话核电　　　　　　　　　　　　　　　/161

目　　录
CONTENTS

秋凉　　　　　　　　　　　　　　　　/161

习书　　　　　　　　　　　　　　　　/162

爬山虎　　　　　　　　　　　　　　　/162

赏秋　　　　　　　　　　　　　　　　/163

赏菊　　　　　　　　　　　　　　　　/164

秋游三清山　　　　　　　　　　　　　/164

千岛湖　　　　　　　　　　　　　　　/165

水城苏州　　　　　　　　　　　　　　/165

水库行　　　　　　　　　　　　　　　/166

残荷　　　　　　　　　　　　　　　　/166

月亮桥　　　　　　　　　　　　　　　/167

叹秦淮　　　　　　　　　　　　　　　/167

霾　　　　　　　　　　　　　　　　　/168

雾　　　　　　　　　　　　　　　　　/169

春雪　　　　　　　　　　　　　　　　/169

花香之旅　　　　　　　　　　　　　　/170

小河　　　　　　　　　　　　　　　　/170

缅怀周总理　　　　　　　　　　　　　/171

采螺　　　　　　　　　　　　　　　　/172

油菜花开　　　　　　　　　　　　　　/172

目　录
CONTENTS

蜜香　　　　　　　　　　　　/173

桃花放　　　　　　　　　　　/173

壁虎　　　　　　　　　　　　/174

春风渡　　　　　　　　　　　/174

郊游　　　　　　　　　　　　/175

京西福地　　　　　　　　　　/175

古树　　　　　　　　　　　　/176

奇石　　　　　　　　　　　　/177

凡人自语句　　　　　　　　　/178

笔兴　　　　　　　　　　　　/178

历夏　　　　　　　　　　　　/179

高考　　　　　　　　　　　　/180

洪涝　　　　　　　　　　　　/181

心动如潮　　　　　　　　　　/182

绿荷　　　　　　　　　　　　/183

石磙　　　　　　　　　　　　/184

破败的鸡圈　　　　　　　　　/185

相思雨　　　　　　　　　　　/185

那只鸽子　　　　　　　　　　/186

卖冰棍　　　　　　　　　　　/187

目　录
CONTENTS

米花糖　　　　　　　　　　　　　/188

妈妈的腰伤　　　　　　　　　　　/189

孔雀开屏　　　　　　　　　　　　/190

鸵鸟　　　　　　　　　　　　　　/190

观鱼　　　　　　　　　　　　　　/191

泛舟　　　　　　　　　　　　　　/192

什刹海的清凉　　　　　　　　　　/193

珍珠鸡　　　　　　　　　　　　　/193

垂钓　　　　　　　　　　　　　　/194

岁月　　　　　　　　　　　　　　/194

雨帘　　　　　　　　　　　　　　/195

夏夜　　　　　　　　　　　　　　/196

晚霞　　　　　　　　　　　　　　/197

烟云幻境　　　　　　　　　　　　/198

赛里木湖　　　　　　　　　　　　/199

鹿岛仙踪　　　　　　　　　　　　/200

现代诗

我想和你在一起

这不是信口敷衍

而是虔诚的心愿

这不是一时冲动

真的是思虑良久的心事

因为愿意

因为担当

我想和你在一起

就从今夜起

谢　了

谢了
结束了
真的难以置信
那颗心还滞留在一腔热望

谢了
一切止于静寂
心动终将成为记忆
留恋只是伤感

那 一 日

幸福的陶醉
深入肺腑
驻留在心底

那一日
在聆听
在思想
呼吸里都是你的爱情宣言

那一日
在相拥
在依偎
心里灌满蜜汁的甜

那一日
是个美好的开始
值得今生纪念

寻　觅

给一个机会

让露珠与花蕊相逢

沁润的娇艳

养眼又养心

生活的美丽

需要播种

只需一颗种子

就能开启守望的心窗

最是那一点点温柔

几分思量
带几许忧愁
惨然在星光下回首

去了
远了
擦肩而过
最是那一点点的温柔
也作别挥手

泪水呀，为谁流

泪水呀，为谁流
一行行清泪
祭汶川灾区的亡魂
安息吧
天灾难料

泪水呀，为谁流
一行行清泪
慰丧亲亡友
节哀吧
天灾难奈

泪水呀，为谁流
一行行热泪
敬人性的伟大和美丽
舍命也要抗震救灾呀
争分夺秒
心里眼里都是生命在哭喊呻吟

泪水呀，为谁流

中华儿女心连心哪

江河也呜咽

话 金 牌

很享受颁奖的时刻
幸福的喜悦
像鲜花枝头绽放
甜蜜的兴奋
像在醉酒的血管喷涌

金牌的光辉里有
勤奋苦练的昼夜
伤痛折磨的坚毅
顽强拼搏的身影
体能技能的超越和肯定

金牌，是
一种信念
一种追求
一种梦想

那条小河

清亮的脸

就在水面

稚气的心

还恋着水波的晕圈

小河

是鱼虾蟹螺的家园

清澈的水波

飘动水草的舞姿

风里能嗅到水的甘甜

柳絮飘飞的季节

开始准备着欢乐

游泳

摸螺

采蚌

打水仗

年复一年

岁月伴随小河流淌

人到中年的我再回家乡

对着小河发呆

小河

瘦了

浅了

河水泛着些许且黄且黑的光

黄河谷①公园

黄河谷

水清流

细赏荷花映塔楼

醉流连

清风秀

黄河谷

双塔雄

黄河泛滥青史留

镇河妖

民安乐

---

① 黄河谷位于江苏省宿迁市城区内。

骆 马 湖

骆马湖

水天阔

烟水相接目难渡

临风放眼水浪清波

骆马湖

渔村落

渔排渔舟近小屋

买卖水产和野味

骆马湖

恩泽多

能搞经济能解渴

安居乐业水乡生活

相　逢

我们相逢在柳叶飘落的季节

对看在光影里

心在微风中徜徉

夹道飘摇的落叶

送来祝福

轻轻地

我拾步在小径上

走向你

领略初冬的味道

沐浴冬阳

风 之 语

风是大自然的信使
她的到来
总会带来消息
无论是季节物候的变化
抑或雨和雪的降临
经历和经验能领会和解读风之语

风是天地间多情的伙伴
她的离别
总是拥抱肌肤亲吻
情感直抵心头
或者温情
或者热烈
或者凄清
或者刺骨

风的踪影
在枝头

在发梢

全凭风的性情

或者徐徐而来

或者清幽飘过

或者狂野呼啸

深夜

风常会急切地奔跑

寻找回家的路

远方的歌

随着成长

岁月拉长了记忆的距离

在心灵深处

有一支温馨的歌

不用作词

无须谱曲

只能用情感去领会和歌唱

这支歌有

哺育之恩

养育之情

亲朋好友之谊

饱含家乡水土的气息和味道

在异乡

在心里

我常哼唱这支远方的歌

彼 岸

理想与现实的距离
往往不远也不近
就在
彼岸

勤奋者在努力
踌躇者在徘徊
气馁者止步于中途
善假于物者常常捷足先登

彼岸
就在那里
尽管
才具差异
行事有别
但只有行动和坚持
才会有靠近和抵达的可能

雪

飘自天上来

款款落尘埃

寒冬陪嫁女

大地铺床被

照我冰肌白

着我雪花衣

渴能润干喉

饿急解腹饥

童顽撒欢笑

雪境猎景奇

待到岁寒尽

已作润春溪

冰 河

你
一次次把温暖给了寒风
终于冻僵在肃杀的寒冬里

凝固的脸依然清秀
从善的脉动在心底流淌
坚强的你
既能笑对日光的拥抱
又能静处月影的慰藉
意念在坚忍
等候春机

冬 藏

萧条

冷清

光秃的枝条在寒风里摇曳

草地满目枯黄

冰封的河面射来冷森森的光

在肃杀的寒冬

大地归于寂静

万物尽舍奢华

休养生息

囤积能量

欲待春机

心灵驿站

无论想要或不要
自出生那刻起
皆处于时空交织的境地

无论忧伤或欣喜
自相见那时起
都要身陷纷繁的人际

无论忙碌或悠闲
自睁开睡眼时起
终究要费心劳身于生计

尽管岁月沧桑
纵然劳顿疲惫
任青春远逝
内心深处总有一处港湾
供我们憩息和疗伤
给我们温暖和力量
这是心灵的驿站

石　榴

成熟时
是枝头沉甸甸的喜悦
笑得咧开嘴的喜悦

分享时
颗颗像晶莹的宝石
恋上你
是为了水润的甘甜和果香

毕 业 照

拍摄于一个瞬间
承载着一段校园情谊
精神风貌
透视了一个年代的印记

很多年以后
老照片唤起了青春的记忆
昏花的老眼
一边分辨他和她的脸
一边回想曾经的往事

船　渡

村野的渡口

船渡是便利的通途

渡船的往返

也是船工的辛劳

晨昏相守相望彼岸

朝夕相来相送船客

酬劳是

生活的支撑

桥的出现

改变了船工的命运

伤痕的思索

人生的回顾
是对经历的梳理和思索
除却苍颜
心底总有一处处伤痕
都是心痛的往事
曾经像利刃刺破流血的心
浸染心神
内心像一叶无助的小舟
在岁月的长河里飘零

伤痕的思索
有了关于成长的话题
学会放下
多一分宽慰
多一分宽容
生活会多一些安宁快乐

烟　花

绚丽的

是怒放的心花

至情至性袒露耀眼的光彩

欣喜布满期待的眼睛

欢乐在激情中升华

烟花

一身喜气

你的怒放

呈现快乐祥和

给生活带来梦幻和神奇

过年絮语

看东方

中国年

全家福

年夜饭

迎新春

过大年

歌舞起

举国欢

拜亲友

喜连连

贺岁添

祝好愿

数红包

压岁钱

鞭炮响

烟花灿

天地动

乐翻天

心　烦

郁闷的心

裹挟在一张网里

苦恼和不快

平添心烦

纠结

无止的纠结

交织成心烦的网

晴　空

舒展的光影

洒落在鲜亮的窗

手已开启

敞开心胸

拥抱晴朗气清

清新的气息

浸润在光影里

心在徜徉

对着晴空遐想

蓝天是白云的牧场

小　事

经历和经验

有了对小事的感慨

轻率和偏颇

往往迷失的不仅仅是心智

有时候

小事非小

因为隐藏太深知之甚少

正如溃堤的蚁穴

有时候

小事不小

因为只是开端

如果不及时干预

遇到机会就可能演变成大事

有时候

小事虽小

但对于当事者

却是全部

甚至生命的代价

烈　焰

进取的雄心
正如燃烧的火焰
血管喷涌着热望
信念早已贯注全身

烈焰中
意志在锤炼中坚强
品格在磨炼中坚忍
精神在萃取中升华
勇气在鏖战中增强
知识和能力在勤奋中提升
经验和阅历在实干中增长

终于
烈焰的光彩
得来脱胎换骨的质变

天使与魔鬼

凡人的世界里

天使与魔鬼

只有一步之遥

向善的是天使

向恶的是魔鬼

关于天使

她是善良仁爱正义的化身

困境中

会期待天使的降临

救苦于危急

解难于水火

化解心困的雾障

点燃希望的明灯

带来平安宁静祥和

关于魔鬼

他是阴险诡诈肮脏的嘴脸

尘世间

往往不请自来兴风作浪

伪善迷惑人眼

欺骗蛊惑人心

造谣滋事引发灾难

贪婪的心胸作恶多端

忧 愁 谷

忧愁谷

锁忧愁

百尺深潭泪水流

心已冷

寒冰候

忧愁谷

兀自愁

长啸直上干云天

情悲摧

万念灰

忧愁谷

守忧愁

远走深山万仞留

燃青灯

度余生

善　良

善良的心在滴血

纯真的情

迎来的为什么会是伤害

善良的眼在落泪

无私的爱

接纳的为什么会是罪恶

善良的人在祈愿

大德的厚望

是奔腾不息的江河

林荫之伴

斜阳远照

林荫有伴

无声于默契

有情在心胸

静寂是最好的交流

目光传递真情

并行的脚步轻缓

彼此拥有

无须追问所思所想

伴侣

需要考验

需要交往

春 土

撒欢的脚印
在风中奔跑
尽情拥抱大地的芬芳

脚下的松软
是春土的棉床
藏着梦想

稚气的笑声
飞扬在希望的田野上

轻漾的水波

平静的生活

像流淌的小河

恬淡

随心

心头的欢愉

正如那轻漾的水波

湖畔望月

祈愿向天望明月
心思明白在水中
圆月夜
伊人在湖畔

如水的月光轻洗
淡淡的愁怨已上妆容
远方的思念
纠结江南女儿情肠

悠悠的明月
是今宵的伴侣
却照亮了泪花
泪珠滚落
跌进孤独的心

想起老水车

老水车
结实的身板
飞出勤劳的歌
挥汗踩出灌溉流

曾经的岁月
昔日的农活
艰辛的祖辈
是怎样的生存和养育

山 药 蛋

土气
是你的本色
尽管
长在藤蔓
有绿叶遮挡
再多呵护
也是枉然

实在
是你的本性
无论
做菜
当粮
即便简单水煮
都能充饥润肠

山药蛋
你平凡

却是宝贝

药用时

你还是滋补的良方

春天的放飞

春天
野外
空旷得发着狂

放纵的脚
在奔跑
梦想追赶骏马的丝缰

敞亮的心
在飞翔
希望有一双鸟的翅膀

好奇的眼
在瞭望
晴空可是风筝的天堂

三 月 天

三月草长
野外好风光

春风难醒
鲜花枝头放

春阳正暖
青绿各自忙

春水不兴
伊人心荡漾

那片竹林

习惯了竹林沙沙作响

童年那是欢乐场

像小鸟钻进安乐窝

像蜻蜓隐身青纱帐

像小猴空翻悬挂在竹竿上

不只飞出开心的笑

还藏着几许天真和幻想

春笋的力量

在期待中成长

坚韧的挺拔就是榜样

紫 丁 香

浓香
透骨的浓香
开始注目打量你的怒放

娇小
簇拥的娇小
朵朵羞涩涨满紫色的盛装

梦想
春天的梦想
你既不言
诗人难免
幻想
狂想

早起的理由

设定的铃声

警醒了早起的理由

是珍惜吗

常因为流连

按时上班或上学

或者是闻鸡起舞的勤奋

夜空繁星满天

偶尔因为爽的风星

不想错过旅程的班次

或是为了参加一场聚会

沉静在一个世界

这个假期

我们早起

是因为和春天有个约会

故里云烟

难舍的情怀

带着几许牵挂

在他乡梦里

在内心深处

似云

似烟

悠悠飘荡

是乡土的召唤

还是远方的留念

高山仰止

莫道伟岸

或许是天意

能容的心胸

经历过

体验过

任由评说

崇敬的仰视

是心头的颂歌

京西未了情

耸立的

是群山

还是山群

好奇的心打量有性格的山峦

妙峰山

百花山

灵山

雄浑的体魄

青史留名

古木林荫

见证了戒台和潭柘寺院的盛名

亭台楼阁

收藏了定都峰的传说

放纵的脚步

在胜景群中穿梭

领略

曲径幽谷花枝放

飞瀑湍流龙泉吟

来了

见了

却平添了未了情

水 之 灵

水之有灵

恰如人之性

大爱无疆

高山之巅的震撼

温暖消融着冰雪之原

点滴之恩

汇成涓涓细流

这是泉源汇成江河的发端

善良厚德的心

端庄如母

哺育了

山川的秀色

大地的芬芳

乡村的美丽

少女的柔情

关于你

不只形象万千

明如镜

是你如玉的品质

亲近你的

不只是我和蓝天

池塘的明镜映出影像万万千

追逐你

不只有发现

更多的是乐趣和感悟

淙淙的山泉唤醒黎明

葱葱的山林聆听飞瀑

阳光下奔流的江河诉说灿烂的文明史

波涛中翻滚的浪花轮回"英雄"的悲壮

星空下水波沉静在月光里与夜色交融

斗转星移

大海的潮汐

藏着太多神奇与秘密

房　子

房子

本是存身的住所

私密的空间

家庭的乐园

生活稳定的保障

买房和盖房

需量力而行

目的是满足居住的向往

谁承想

房子要隐忍拆迁的"血泪"

结上买房和租房的愁肠

价格

上涨上涨急剧上涨

贪欲膨胀

炒作炒作

一次次挤压了神经的痛伤

房子

普通的生活需求

变成了奢望

而且成了压力的撬杠

像游魂

在漫无边际的虚空里飘荡

迷失了归途的方向

一念之差的错

断送在鬼迷心窍的迷

听

一具孤魂

在旷野

在长空

哭泣

哀号

涨　潮

纵情的海水涌起
眼前凸出白花花的水线
扑向海滩
尽力向前方伸展

一波又一波的潮起潮涌
伸展
再伸展
观潮越来越近
海风在撩情
哗哗的潮声
宣泄大海的性情

潮水终于触及海堤
潮涨的节奏在加快
波涛汹涌
拍击海堤的声浪飞溅着狂野
海风的纠缠和撕扯

眼见的是大海的愤怒

呼吸中有海水的味道

胸膛涨满大海的力量

布 谷 鸟

鲜于谋面
熟悉的
是你的叫声
一如曾经的记忆
清晨早早醒来
也缘于鸣叫的你

如今的我
尽管远离在千里之遥
依然在这样的节气
在家乡麦收在望，准备夏种的季节
听到你的消息
热心肠的你
正忙着报送重要消息

天真的世界

——写在儿童节

稚气的小脸

带着纯真的笑

孩子们

眨着亮晶晶的眼睛

内心是天真无邪的世界

在成人的呵护中成长

喜乐随心

贪玩任性

有时为了达成意愿

哭闹和撒娇是惯用的小伎俩

对人的信赖

是固有的天性

认知和能力开始于模仿

在学习和尝试中增长

童话故事教会了丑恶善良

无论对错

无所顾忌

说的和做的

往往会无心地惹出坏事祸事

小伙伴们相处

坦然相对

没有贫富的隔阂

没有名利之争

没有恩怨

有的只是纯朴的心

热恋的诗行

诗行
着一袭雅装
让人心跳着忙
你
是我心灵的慰藉和梦想

每当想到你
我心潮澎湃
急切地铺开玫瑰色彩的纸张
期待你的出现
在狂想中膨胀

你的每次出现
都让我欣喜若狂
急切地
我们在亲吻的笔端热拥
直到与你交融为一体
温馨的感觉
内心获得宁静

尽 兴

期待着
幻想着
来一次尽兴
给疲惫的身心慰藉和疗伤

尽兴
浇浸的尽兴
像大雨淋漓的透爽
像画师泼墨的酣畅
让豪饮的恣意
醉倒刘伶杜康

依偎

一片静寂
能听到彼此的心跳
在林荫深处
栖息着安稳的心
依偎的身影
在静候
黄昏
月色

两颗心的靠近
会是个美妙的世界

依偎的心跳
既是慰藉
也是身心的陶醉

泪 奔

迎面的奔跑

瞬间擦肩而过

哭泣声

风里都有泪痕

六月的天空

对着远去的背影发呆

青春年少的泪奔

是喜

是悲

相　拥

难忍相思的苦
心动突破防线
相拥的羞涩
把脸埋在胸脯

亲密的接触
感受着
彼此的心跳
满足的幸福
爱情的甜蜜
人生的美好

生活的节奏

潮流

奔涌的经济潮流

像开闸之水

滚滚长流

她改变了生活的惯性

催促了忙碌的步伐

鼓足干劲向着目标

迈进迈进

广场舞的喧闹

演绎了内心的生活节奏

从此

平淡的人生增添奔放的色彩

欢快的舞步跳出健康的美丽

朝霞之恋

你
是我心头升起的朝霞

天边的红云
是你羞涩的脸
霞光
是你靓丽的身形

你的出现
有晨起的清新
我开始准备着
满怀期待

麦 收

一片金黄
喜悦的脸热情高涨
心已飞扬
飘在风赶的层层麦浪

收割的刀磨得锃亮
已准备好夏收的农忙
就在含露的清晨
天刚蒙蒙亮
憋足的劲涨满脸膛
农家开打"大仗"

倒伏的麦秆割断地响
一搂一搂成捆放
车载船运打谷场
汗水浸透腰身忙

出壳的麦子机器响

粒粒麦子

装满新鲜的麦香

承载着希望

爱的小屋

以理解筑顶

用包容砌墙

拿信任架起房梁

在内心深处

盖起爱的小屋

无须奢华

只要贴心

爱的小屋

是情感的栖息所

有彼此的抚慰

有用心的呵护

岁月珍藏了彼此的感动

爱的小屋

是精神的避难所

可收容落魄的灵魂

能疗养伤痛的神经

慰藉鼓舞了脆弱的力量

相见的直觉

藏着心中的喜欢

开始关注你的样子

你的音容笑貌

散发着年青的芬芳

你的谈吐处事

透着沉稳和智慧

关于你

犹如磁石

总能吸引我的注意

梦里都有

你的样子

希　望

希望
是心头升起的明灯
寄着情感
托着心愿

希望
是生活的向往
一次次激励我们
不忘昨天
珍惜今天
追求明天

希望
是奋斗的目标
漫漫人生路
有欲求
才会有动力

希望

要合乎尺度

当希望总是遥不可及

受伤的心

会跌落在失望的旋涡

有无尽的悲伤

想起煤油灯

清贫年代

煤油灯

是点亮黑夜的眼睛

昏黄的灯光

尽管小

却能照进心房——

感觉温馨

还有居家的踏实安全

灯光在风中摇曳

烟尘飘散

屋子须忍耐煤油燃烧的气味

心里却是

甜的

美的

乌 鸦

乌鸦

黑黑的羽毛成群飞

怪怪的叫声在田野

年少时的冬天

常见乌鸦成群

在麦田啄稻草的根

寻食躲藏过冬的虫

放浪少年常常使坏

企图迅速地奔跑

惊起鸦飞一片

很小的时候

老人们告诫

乌鸦的骨头是臭的

乌鸦肉不能吃

后来才知道

这竟然是出于对益鸟的保护

晚霞飞目

一次邂逅

意外相逢晚霞

霞光映在你的脸

欣赏的注目

惊扰了你不安的红晕

正如鲜花的美丽

打量和歉意

化解了彼此的局促

相识的故事

开始了恋情

泡 桐 树

我见证过泡桐树的疯长

不到十年的光阴

粗壮的腰身

一个成年人的搂抱竟是幻想

泡桐树

头顶乡村的太阳

正直茁壮生长

夏日的绿荫

是纳凉的好地方

憨厚

是泡桐树的品质

能长出宽大的叶子

开出香味独特的花

是否还记得

童年的快乐和玩耍

毛 窝 子

毛窝子

是冬天取暖的草鞋

带有乡村的情结

生活的简陋

也有朴素的包裹

芦苇的花穗

是村民眼中温暖的绒

灵巧的双手

织成夹带芦花的草鞋

尽管磨脚

却是暖脚暖心的满足

夜色流连

有夜色作陪
彼此守候
是珍惜吗
不归的流连

打烊的夜店入睡
夜空繁星满天
沐浴在凉爽的风里
步履有行有驻
两颗心的贪恋
沉静在一个世界
相拥相慰

甜甜的梦

青春的约会

燃烧着激情

幸福的心

高兴在脸上

生活的憧憬

满怀期待

深夜归来

睡倒在亢奋中

倦意努力地安抚思想的心

脸上甜甜的笑

幽会着梦中的情话

玫瑰之恋

是玫瑰的诱惑
还是青春的向往
直面火红的玫瑰花束
脸膛发热
心头发紧
含羞的会意
本能地恋上花香

约会
就在今晚
欢喜地想着他的样子
心已默许

忧心滂沱雨

雨季

是水的盛会

难以计量的雨水从天而降

降落

降落

汇合的力量

骤生了压境的险情

滂沱雨尤甚

江河暴涨

洪流急湍

暴风雨裹挟着电闪雷鸣

凌空而下地逞威

震撼着

冲击着

伤害着

溃堤的可能

是最危的险情

知 足

知足
是一种人生态度
心里满足
所以快乐
即使获得的只是一滴水
也会感谢上苍恩赐的甘霖

自私的狭隘
蒙蔽了心智和眼睛
无底线的索取
即使给予再多
回报的也是谩骂和不满
甚至是暴力和蛮横

知足是积极健康的生活
获得的是友爱和内心欢乐的笑
无底线的索取是自私纵欲的狂躁
莫名的邪火终将毁灭自身

雨夜漫步

夏夜的雨中
携着儿子的手
在雨中漫步
沿路的树冠
亦如手中撑开的伞
如水的清新随风送爽

年幼的顽劣在雨中猎奇
雨成了他的兴奋剂
积水深的地段是他蹚水的最爱
脚下的嬉戏有一种欢喜的满足

迎面驶来的车灯
照亮了水的世界
落下的雨滴溅起水花
深处溅起的水泡
在水中漂流
也照亮了一脸的好奇和兴奋

兴奋

一路的兴奋

一往一返的兴奋

也许睡梦里还会有兴奋的笑

远　方

雨后沐浴在透凉的风里

遥看山峦

云在山石间连绵升起

群山升起的白云

连接笼罩了一片天

好奇心在遐想

也许大山里藏着仙乡

白云中有神仙隐藏

升起的白云

离开家乡

飘荡

飘荡

心里装着远方

孤 魂

失神的心
像游魂
在漫无边际的虚空里飘荡
迷失了归途的方向

一念之差的错
断送在鬼迷心窍的茫

听
一具孤魂
在旷野
在长空
哭泣
哀号

野风吹

午后的骄阳
止步在一堤绿荫的清凉
信步走在野外的河堤上
难得的回乡闲逛
打量
打量
回想曾经的时光

昔日的清波已难觅
静静的河水
泛着些许且黄且黑的光
心里难免感伤

座座修整的坟堆静立在坡上
寄托着亲人们的哀思和悲伤
沙沙的叶响
吹来野风的清凉

大 叶 杨

河堤的大叶杨
棵棵粗壮
在风里沙沙作响

炎炎夏日
走在一堤的阴凉
心里透爽

大叶杨
你
伟岸
正直
速生速长
生能养护一方水土
倒了也能制板做梁

鸟的天堂

河堤的绿荫
就是鸟的家园
遍布的积粪泄露鸟的踪迹
沙沙的叶响传来鸟的鸣唱

一路前行
渐近的脚步声
远远地惊起一双双鸟的翅膀
从池塘飞起
迅速躲进高高的树上
曾经养鱼的池塘
已杂草丛生
成了鸟聚集的好地方
禁捕令的呵护
繁衍了鸟的天堂

直白的情书

是受惊的欢喜
还是欣喜的烦恼
脸红的心跳
心乱如麻
呆呆地站立
眼前是一封展开的情书

如此的直白
感觉置身火烤
未及准备
从未思考过的话题
直逼心慌意乱

心头的不悦
生起可恶的怨恨
也许会有淡淡的欣喜
受辱的心想
真是傻瓜
疯子

老 榆 树

老榆树

叶小

却有厚实的皮

春天的榆钱

一串串地挂在枝上

都曾是年少时采摘的对象

乡村的经济

支撑着乡村的生活

日子清苦

精神却富足

薅树叶喂猪

虽然辛苦

内心却有勤劳致富的美

上树摘榆钱熬粥

有危险

却自有乡村的味道和担当

听祖辈讲

大灾之年剥树皮充饥的故事

于是

用铅笔刀剥过树皮

只为了解馋

却给老榆树

落下了疤痕

知 了 壳

轻盈的知了壳
曾经是蝉的外衣
半透明的空灵
钩挂在枝干藤丛

蝉的嘶鸣
掩不住知了壳的药用声名
年少时的夏天经常早起
打着手电找寻
捡到知了壳
只为了卖钱贴补家用

蝉　鸣

推开土穴的封门

爬上高枝

蜕下防身的甲衣

终于亮出完美的轻翼薄翅

颇有得道升天的仙变感觉

难捺内心的欢畅

总想表达歌唱

得意的蝉

趴在高高的树上

尽情尽兴地鸣唱

回想当初地穴中黑暗阴湿的隐忍

激动的蝉迎着初升的太阳鸣唱

鸣唱

嘶哑的鸣唱

因为蝉鸣

我们关注了成长的故事

伴 读

当伴读
成为一种现象
种种感觉和滋味
未免感伤

伴读
听着温馨
可是呵护
已抹平年幼年少年青的界限
忽视了
独立人格的培养
应该有自己的担当

伴读的身影
忙碌
却饱含全家的期望
只是
期望越高

往往却伤得越深

伴读的支撑
需要额外的经济付出
对于家庭和社会
都是一种昂贵

南 瓜 汤

曾经的南瓜汤
是农家的菜
是农家的粮

南瓜
是自家菜地里的收获
心头的欢喜
盛满南瓜汤的甜香

南瓜汤
有刀切的分享
有水煮的声响
简简单单
明明白白
无论浓淡
都是农家人的性格和生活状况

独轮车往事

双手提起车把

尽管沉重

在当年的乡下

却是省力的运输工具

多少年来

独轮车

载粮袋

运土方

推砖拉瓦

流淌下爸爸的汗水

累弯了妈妈的腰身

独轮车

很土

却推出了希望

就在那年夏天

独轮车上满是砖灰

一身汗水的我

亲手接过

邮递员送来的大学录取通知书

乡镇老街

老街

是乡镇的集市

集市的兴旺

伴随着乡镇成长

多少年的积累

多少代的苦心经营

才有了老街的繁荣兴旺

乡镇人口和经济的增长

老街也在延伸

风貌随时代变样

寒来暑往

风里来

雨里去

赶集者

坐商者

在老街都有故事

老街，还是

一道风景

一种习惯

一种牵挂

是心头熟悉的地方

你的样子

相见的直觉

藏着心中的喜欢

开始关注你的样子

你的音容笑貌

散发着年青的芬芳

你的谈吐处事

透着沉稳和智慧

关于你

犹如磁石

总能吸引我的注意

梦里都有

你的样子

懒懒的婚事

有憧憬

有盼望

一次次提起婚事

商议时却因经济条件而泡汤

年华在消逝

年龄在增长

只有压在心头的婚事

懒懒的

维持原样

是人性的不端

还是生活的向往

要知道

过多过高的物质追求

只会使爱情和婚姻受伤

莲 花

流连

欣赏

睡莲已开放

莲花在绿叶丛中绽放

花蕊的芬芳

香透几重花瓣的托放

从内到外袒露

不遮不藏

莲花的情愫

有米兰的素朵

有桃花的粉红

有沥血的姹紫嫣红

虽艳而不妖

青青莲池

幽幽花香

君子高洁

性情绽放

愁怨的风

凄清的阴冷
笼罩着心头的愁云
孤独的心裸露在深夜
向风洒着幽怨的泪

无声的泪眼
向星空打量
努力搜寻归来的消息
祈望的心愿
寄托着幽思

抚慰的风
吻干愁苦的泪
去向远方
传递愁怨的讯息

痴　恋

是因恋成痴
还是因痴成恋
我不能作答
人生的劝慰
痴恋之树
会结满孤苦和愁怨的果

彼此相恋相悦
是幸福的制造工厂
即使远离千里之外
两颗心在坚守
都期待着美满的姻缘

单相思
孤独的心紧锁孤独
无果的痴念
纵然被恋者近在眼前
两颗心也远隔天涯

远走他乡

因为贫穷

因为"出路"

为了挣钱养家

为了梦想

乡村的精壮

有一技之长的师傅

纷纷远走他乡

打工闯荡

没了居家的遮挡

没了乡邻的帮衬

漂在他乡

忍耐过苦

遭受过痛

为了改变生活

为了希望

咬紧牙关地硬撑

想着活出好模样

远走他乡

打拼的积累

攒下了钱

却要苦忍"留守"的心伤

执着的目光

目光里
透着性格
执着的期望
让人难以拒绝

执着的目光
异常坚定
借口和推辞
只会伤害无辜的心

在执着的目光里
我憧憬着可以依靠的将来

乡村号子

乡村号子

传承于祖辈

属于经验的积累

是劳动智慧的结晶

号子的唱和

既能指挥劳作

又能解乏

号子的音律简朴

却能使指挥与行动统一

号子语言简洁

却能调动干劲

号子用词很土

却出现在多人协作的大场面

昔日的乡村

号子的哼唱

夯实了盖房的地基

抬来了混凝土电线杆

沉静的湖

一汪碧水
透着解渴的清秀
欣喜地接近
却沉静得让人心烦意乱

心的烦恼
与日俱增
试图接近的脚印踏在湖畔
流连的身影
历历在目
映在清澈的水光里
可是在她的心中
我依然只是仰慕的过客

沉静的湖哇
怎样才能激起你心中的波澜

错位的忧伤

忧伤

难止的忧伤

欲哭无泪的痛

努力回想着彼此错位的点

泉水到来

我却没准备好引水的渠

水流伤心

毅然离去消逝在远方

花开的季节

我沉睡在梦乡

醒来时

已错过花季

错位的回想

咀嚼着人生的忧伤

水木餐厅

林荫下

水流旁

草色青青餐厅望

毡包阔

凉亭敞

桌椅成套正开张

鱼水欢

饭菜香

丰俭由人自在乡

土坯草房

人类的智慧

泥巴竟能砌墙盖房

一块块土坯

是饱含汗水的荣耀和勋章

风干的土坯

抹上稀泥砌墙

芦苇的秆做底衬铺在房梁上

抹上厚实的稀泥苫盖稻草或麦秆

建成土坯草房

土坯草房

虽然简陋

尽管土气

却能遮风挡雨

而且冬暖夏凉

菜 园

农家土地能生金

小小菜园保供应

不用买

不愁吃

勤劳种出蔬菜鲜

盆大的南瓜紫色的茄

山药蛋蛋坠围栏

青菜顶上长辣椒

边上满架西红柿

四季的菜蔬长得好

窍门全看手中活

"行走"的诗篇

散步的放松

大脑在不经意间思索

灵感的迸发

思想开始着意于创作的酝酿

步履的缓踱

催生了诗篇的一句句诗行

行走

散漫的行走

用心推敲和雕琢

终于完成了一首首"行走"的诗篇

沉醉的心

花儿沉醉
留恋在枝头的芬芳
一树娇艳
香风阵阵

是香魂的召唤吗
远方的来客
蜜蜂
蝴蝶
向着花丛飞舞
流连

怀春的梦幻
惊喜着沉醉的心

泥　泞

南方的烂泥
是喜欢粘脚的土

雨天
尤其是雨季
乡村的道路被雨水泡烂
曾经满是泥泞
无论是雨靴
还是赤脚
脚踩的印记都有粘带的痕

泥泞的行走
不仅容易滑倒
而且脚下粘带的泥
还增加了行走的重

即便是雨停的晴天
泥泞仍然是困扰

难干的天性

去湿要忍耐时日

泥泞的风干

道路上是深浅脚印留下的坑

如今水泥混凝土铺设的路

总算破了雨天的局泥泞的阵

干　裂

谁曾见过大地之渴
被骄阳炙烤得开裂的渴

暑天热得发昏
高温不退
即使露珠帮着降温
也难以入眠
地表的水分早被吸干
在烈日下泛着白光
白热化的蒸腾
赤脚有被烫伤的可能

地表裂隙既宽又深
一道道裂隙有纵有横
交错成干裂的网
即使核桃滚落
也能轻松进入干裂的"嘴"

照亮的生活

昔日的乡村夜晚
屋外一片黑暗和静寂
对黑暗的紧张和不安
心头经常难忍害怕
有时只是风吹的响动
心头立刻惊悚

如今路灯的安装
不仅照亮黑暗
而且照亮了生活

路灯
是夜晚的伙伴
不仅照亮了心灵
而且让灯光的温馨贴近生活

路灯照耀
指引路的方向
总能安抚路人的心

蹚　水

玩水
似乎是骨子里的天性
纵然有蚂蟥的叮咬
"水鬼"之说的"恐吓"
家长的责罚
也要称心如愿地去玩

与水亲密接触的贪玩
除了游泳
还有蹚水
水浅的河道沟渠水塘
都是蹚水的好地方
脚的搅和之下
不只是浑浊的泥汤
还可以看到鱼游的水花

蹚水
是成长的经历
藏着快乐的记忆

游　泳

盛夏的水乡
汗水往往关联着河水
游泳
也是对高温的躲藏

泡在河里
与水亲密接触
心也沉浸在水的清凉

游泳
是惬意的
是快乐的
有随心的放纵

采 蚌

采蚌
能吃到新鲜的肉
喝到鲜美的汤
有时还有珍珠闪闪亮

夏天是采蚌的旺季
我们会结伴采蚌
在河岸的水下
在水深的河床

年少时的采蚌
可以算是一种劳作
更多的还是玩乐

粘　网

在上下两根纲线之间
是细丝纵横交错织成的网
这是能捕鱼的粘网

长长的粘网下到河里
会将水道分隔布开网阵
撞网的鱼会被网丝缠住

被缠住的鱼
很无奈
越挣扎
缠绕越多越紧
有摆脱不了的纠缠
被牢牢地困在网中

日晒之钓

太阳晒在头顶的正午
也是钓黑鱼的好时机

拿着放好饵料的钩
顶着烈日在堤岸慢走
仔细向河中寻找晒太阳的鱼

年少的日晒之钓
满足的是捕鱼之乐
但暴晒之伤
不仅黝黑了皮肤
而且日晒的火毒引发疖肿
至今身上还有日晒的疤痕

家里有了自行车

徒步行走
既累且慢
曾经的乡下
自行车是梦寐以求的代步

分田到户的农村经济
让家里买了自行车
喜悦的振奋笑在全家人的脸

学车的碰伤和摔倒
挡不住骑车的欲望
那时
经常想着练车
练车是为了过瘾地玩

肩 扛

还在娃娃时
就知道了肩扛
在采用独轮车前
肩扛
是乡村运送重物的常态
无论成百斤的粮袋或笆斗
或是大树锯成的树段
都得肩扛

长大后
我也曾肩扛
借着巧力扛上肩
压在肩头有沉甸甸的重
歪着头抓稳
快步前行运送
抖肩的瞬间提重放下

肩扛

负重的腰身

有肩头的红肿

需年轻的力量

曾经的你

往事的心痛
想起曾经的你

遇见你
那是个寒冷的冬季
温暖的牵手
第一次的幸福
心在雪花里飞舞

恋上你
在三月蝶舞的花季
远足的陶醉
深深迷恋芬芳的情意

憧憬
曾经的憧憬
跌落在断线的风筝
入夏的燥热

从此失去了你
雨季的心伤
泪水涟涟

秋日的愁思
除却痛苦的记忆
把心晾在风里
渐凉渐冷

想 哭

为了赶书稿
最近很忙
创作的思索
很心伤

一腔热望
洒向诗篇和诗行
写完《迷失的向往》
我真的好想哭一场

荒　草

无人问津的荒地
长出一片绿意

野草的疯长
也是对身下土地的养护和报答

欣赏的关注
是对荒草的礼赞——
彼此的拥有
诠释生命的意义和希望

白云幻境

羊群的幻象
觅食在蓝天的牧场

清新的风吹
一片空旷
毡房守护着散放的群羊

幽思
静听牧歌哼唱

溪 流

流淌
匆匆过客
从远方来
去向远方
浸润泥土的气息
不带走鲜花的芬芳

流淌
透骨的清亮
是飘荡的明镜
还是明镜的飘荡
倒影了葱郁的生机
飞过鸟的翅膀

流淌
甘冽的泉香
催动欢快
养育奔放
一路输送
一路滋养

高高的山峦

挺拔的雄姿高耸云天
厮守着远近的山峦
巍峨苍劲
是胜境
也是仙境

险峻的山势
直落悬崖和雾障的山谷
鸟的翅膀在盘旋
水流滑落摔进飞瀑的潭

嶙峋的怪石
蹲踞封锁攀行的路
落下凡夫的足迹
是在做梦

葱郁的山林

吹过清幽的风

云烟缭绕

更添风华

皂 角 树

针锋相对
腰刀高悬
皂角树防卫甚严

壮实的棘刺
像渔夫的团叉
长在树干和枝杈
看着有刺血的疼
密布的棘刺大阵
飞鸟也忌惮远遁

皂角
很像腰刀
长在枝杈
从嫩绿的青
到紫黑的熟
可观赏
却不能靠近攀摘

海边沙滩

噙水的沙裸露在海滩
暂别大海的咆哮和侵扰
吹着海风
在阳光里入睡

赤脚的行走
缓步在沙滩
脚下有温湿的酥软
每一处脚印都有欢喜

细细的沙
被踩出水
脚的舒服
是心头的爽
玩乐的开心
早已写在脸上

狂　风

难以克制

完全失控

劲吹的狂风

横扫

呼啸的狂风

漫天尘土飞扬

天摇地动

传来碰击和断裂的响

眼见的是一场肆虐的粗暴和疯狂

风的性情

怒

何起

伤的心痛

泪

怎干

乌　云

低沉压境
乌云蔽日
有心堵的烦躁和憋闷

密布的乌云
是忧愁的郁结
是暴雨的前奏

受困的心
期待着风的化解
让劲吹的风
吻干泪水
吹散愁云
带来清新

闪 电

天裂的缝隙
是一道闪电
耀眼
或伴惊雷

耀眼的天光
风驰电掣
一闪而过
等不及问询来路
好奇的心只能望天玄想

流 星

划过夜空的光亮
穿行着灿烂
那可是激情的燃烧

夜幕下的匆匆过客
不期而至
可见的是耀眼
短暂的辉煌
可是生命的追求

浩瀚的宇宙苍穹啊
流星
是陨落的星辰

惊　雷

天际的炸响
难免惊魂
敬畏地抬眼
心想着躲避

振聋发聩的声响
是警醒
生灵的噩耗
诉说霹雷之灾

滚滚的雷声
或伴闪电
一阵阵
催动着暴风雨的降临
难忍惊雷的神威
郁结的愁云狂泻悲摧之泪

海 鸥

关于海鸥
是去大连看海的收获

蔚蓝的海水颠簸
拍打着赶海的浪
一只只海鸥
漂在海面小憩
远处飞驰的快艇
惊起飞翔的羽翅

富饶的海湾
是海鸥的家园
长长的海岸线
是海湾敞开的心胸
热情欢迎来自远方的客

海滨广场的喧闹
是人群和鸥群的交汇

彼此传递着友好和欢乐

飞翔的海鸥在风中滑翔

同时用喙精准地接吞抛向空中的食

海鸥自信地表演

游客热情高涨

除却欢呼

还有大伙上扬抛食的手

月 牙 儿

习惯了饱满的圆月
月牙儿既小又残
让人瞅着揪心
尤其是寒冬的夜晚
月牙儿阴冷的清辉
直让人怜悯心疼

善良的心
总是看不得残缺和伤害
总想着给予慰藉和关爱
尽管有时看到的只是表象

月牙儿
就在天上
也是月亮的脸
既不残
也不缺
只是仅露出局部而已

虫　鸣

夜晚的宁静

躺在静谧的月光和星辉里入睡

草丛藏着黑暗

传来声声虫鸣

近处的

远处的

交汇成声响的夜色

轻缓的脚步

一边落下行走的深浅

一边用心聆听

聆听

搓绳的岁月

搓绳的日子
是清苦的
却是当年农家勤劳致富的门道

草绳
是蒲帘的筋
按固定的尺寸被割断
穿过并系在制作蒲帘的机具上
用来打蒲帘

年少时的一段时光
放学后和假期里
两人协作打蒲帘，或搓绳
两只小手熟练地搓着稻草
搓出长长的绳
挣钱不多
为了贴补家用

古体诗

云 中 歌

我自云中来
喜山更乐川
波涛纵我情
溪流逐我音
幽谷风径斜
峰峦壁上观
晨舒清新意
月候天籁音

我在云中歌
情寄云卷舒
清风游历意
江河水自流
变幻物象间
风影不驻留
岁月终有老
但留一传说

酒 兴

人逢乐事千杯少

醉目难睁神犹笑

尽情尽兴亦胸怀

清风扶送醉身飘

话 重 阳

人生一世草木秋

岁月渐老平添愁

一步一慰登高事

重阳望远解心惆

千树红叶秋阳暖

万朵菊花香满头

欲把我心和歌酒

浅斟慢酌来年候

禅　境

空灵悟虚空
参禅打坐中
香烟袅袅境
心语梵音诵

秋　叶

天凉叶已瘦
盛衰恋枝头
小雨落还轻
秋色繁且稠
流连观山客
悲喜叹物候
深恐北风劲
叶落难再瞅

秋 月

秋月探秋水
沉江玉璧缀
夜来水波静
脉脉浴清辉

云 之 歌

信步在天庭
逍遥九重行
悠悠思广远
遥遥乐仙境
心存童顽意
幻身万千临
铺就软榻床
好梦君入寝

话 核 电

核也风流核在手
才亦可贵财满收
福民富民核贡献
利国利家全天候

秋 凉

阴雨深秋落
肌寒抵心头
阵阵凄风里
叶衰绝恋愁

习 书

涓涓流且稠

好墨砚池守

一书法帖字

再书练火候

爬 山 虎

高高欲登楼

壁上已几秋

贵在矢志坚

寒冬奈何忧

稳步图进展

一岁一风流

枯枝候春机

来年更添秀

赏　秋

朝赏菊花细品秋

瘦中娇姿领风流

秋风阵阵秋阳暖

万般色彩压枝嗅

秋实秋香秋味渐

赏前赏后赏心久

暮色苍茫晚来早

余晖欲归去还留

赏　菊

一场秋雨一场寒

清冷浸透养花坛

秋阳虽暖菊花瘦

千姿百态风中颤

秋游三清山[①]

三清山上烟雨浓

秋色朦胧罩青松

景中藏景若仙境

细斟慢酌赏天工

---

①三清山又名少华山、丫山，位于中国江西省上饶市玉山县与德兴市交界处。

千岛湖[①]

有山有水毓秀灵
水波轻漾蓝天映
问船登岛一座座
恋山恋水一船行

水城苏州

古城风韵今犹在
小桥流水细细来
泛舟轻摇徐徐行
归来姑苏老员外

---

①千岛湖位于浙江省淳安县。

水库^①行

依山泉流截
草色映亭台
波光去广远
但思清流脉

残　荷

感叹何衰败
瘦水残荷排
风华成往事
何堪北风来

①水库位于浙江宁波宁海，建有甘泉亭等建筑物。

月 亮 桥

桥上往来人
圆拱担重身
水波穿行过
对影月亮门

叹 秦 淮

秦淮河水客流多
凭桥依稀叹风流
官船画舫陈年事
花漾船歌昔日酒
比邻贡院春笑欢
且喜且悲忍身留
妙龄芳姑不求名
谁点红人谁堪羞

霾

秋冬不缺霾

白昼亮昏辉

烟尘扶摇起

云层压低坠

抬头能见浊

举目蒙蒙灰

岁寒只怨懒

何时北风吹

雾

本是水如烟
隐身天地间
朦胧还朦胧
寻觅费视线
不问南来女
难顾北往汉
欲解迷身雾
须待日光鲜

春　雪

春寒风清冷
飞雪落纷纷
匆匆润春步
遁迹土与尘

花香之旅

阳春三月芳菲盛

远足结伴有情人

花香十里逢春意

蝶恋枝头舞幻身

柳丝问春垂青色

清流照影遇缘分

轻风拂动春阳暖

心思暗合情意增

小 河

小河弯弯流

波光粼粼秀

晓风明月夜

散落星河宿

缅怀周总理

松风长空悼总理

百年英华屹山巅

巍巍山魂荡寰宇

涓涓清流芳世间

日光表公中华志

月华慰汝乾坤安

绿树成荫应含笑

鲜花朵朵英灵献

采　螺

采螺河岸走

晨露草色稠

肥螺三两只

且抓且抬头

河水清又亮

躬身两岸搜

水乡农家菜

炒螺添丰收

油菜花开

金黄一片片

花开菜地间

香溢日正暖

蜂飞采蜜欢

蜜　香

蜂飞百花乡

往返酿蜜忙

农家插苇管

想吃只需尝

管裂蜜丸现

颗颗单间藏

难顾蜂虫幼

酸甜唇齿香

桃　花　放

三月放花笑春风

迎春莫怨芬芳逢

粉白淡妆自来红

客来东西谁招蜂

壁　虎

忙人贪灯影
有客窗外停
猎手择先机
妙吞飞来兵

春　风　渡

纵目逐碧波
心驰春风渡
柳丝怀春暖
吐翠阡陌舒

郊　游

春风小沐艳阳天
远足高低花草间
清流不羡庭前贵
云卷云舒自在仙

京西福地

妙峰百花定都岭
名山胜景群英境
曲径幽谷花枝放
飞瀑湍流龙泉吟
古木林荫礼佛地
戒台潭柘誉盛名
京西一域今与古
福地香烟万年情

古　树

岁月无声荫泽广

树翁有龄腰身量

爷孙三代孩童乐

谁人避雨谁纳凉

老树老干布老态

新枝新叶看新长

不问他年他月事

根深叶茂生机旺

奇　石^①

伴儿公园玩

年幼喜沙滩

帐篷顶顶凉

玩具件件欢

父子堆沙戏

意外"拖鞋"现

小巧还逼真

把玩乐在鉴

———————

①拖鞋形状的石头。

凡人自语句

凡人俗事多

出入赚生活

能勤且能俭

冬夏春秋获

难捺小情调

劳心向诗作

得句欲成篇

卷成经年琢

笔　兴

风荡其气雅随心

巧思有象精于勤

书自纵横画亦奇

文通曲幽诗有灵

历　夏

炎日汗流繁

蚊虫叮咬厌

惊雷闪电动

洪汛忙抢险

疲惫生倦容

昏昏欲睡眼

能忍总须忍

三伏练好汉

高　考

布谷声声啼啾唱

学子纷纷应试忙

考卷张张测评意

答题道道学识藏

高低有常心态稳

纠结得失徒自伤

凡事尽心无须愧

人生才具放眼量

洪　涝

忧心滂沱雨

洪涝涨沟渠

灾情一处处

生命财产虑

水患溯上古

共工尧舜禹

汛期经年至

防抗勇不惧

心动如潮

天光向晚身心动

相约看海性情中

涛声浪影澎湃心

夜色星光兴致风

情意缠绵天地合

惊涛拍岸浪排空

海水泪涌相思苦

海风欲诉抚慰痛

绿　荷

凝脂滴翠一张张

密布盏盘盛宴装

宴设光华日月辉

客饮玉液雨露浆

花放几朵已难耐

清风欲度掀罗裳

但请流连四方客

或品或赞荷家香

石　磙

青石造柱形若桶
凿槽留峰匠人工
得来石磙粗又重
打谷场上碾轧功
机车牵引昼夜滚
季节催收夏秋钟
已是集体种粮事
如今石磙落荒冢

破败的鸡圈

村庄穿行过
不闻鸡鸣啄
农家弃养殖
鸡圈堪破落
剩饭余粮喂
不敌激素佐
产蛋有估数
价廉账已错

相 思 雨

稠稠密密纷纷下
秋雨淋漓伤谁家
心乱愁肠怨连月
泪流相思身心垮

那只鸽子

滂沱雨纷纷

飞鸽湿羽身

泥泞乡村道

电闪风雷声

两旁参天树

箭雨穿落坑

相逢何期许

皆因困雨阵

卖 冰 棍

冰棍木箱藏

棉被包裹放

载重自行车

走街还串巷

冰融时时刻

叫卖声声响

天晴难料雨

滂沱泥泞汤

米 花 糖

米花膨胀香

粘衣麦芽糖

推压模模紧

刀切块块方

造糖为哪般

养家挣钱忙

辛劳父母恩

感念泪千行

妈妈的腰伤

腰垂一弯弓

片诊骨骼动

胸骨遗折伤

腰椎错位松

经络压迫症

气血滞胀痛

农户体力活

老来伤重重

孔雀开屏

惊艳抖开羽扇屏

华丽尽展孔雀翎

谁人织造晶亮锦

哪家刺绣斑花晴

盛夏汗流总难忍

望扇生风能安心

枝枝震颤为哪般

表白真切具深情

鸵　鸟

身形高大腿细长

壮实躯干鸟中王

羽丰翅满苦太短

望空长叹奔跑忙

观　鱼

观鱼公园行

小桥笑童音

再来欢欣聚

悠游胖锦鳞

抬手投食处

争食挤压凌

有鸭期分享

飞来勇敢鸽

泛 舟

桨声推开波光浪

游船缓行荷家塘

荷叶荷花绿映红

水声水色意兴漾

一桨劲拍飞花溅

全船惊呼声浪涨

艄公搞乐耍奸笑

无人嗔怪居心良

什刹海的清凉

皇家古木荫

守护湖光影

水阔藏深沉

思凉自湖心

清风致爽意

游人踏欢行

野鸭才下岛

观湖波光粼

珍 珠 鸡

柔滑细软羽秀敛

颗颗灵动珍珠点

物华天工总有喜

一来一往两流连

垂　钓

钓鱼须用心

经验参考听

耐心多有得

急躁易扫兴

性情须慢养

且忍且修行

乐在钩上饵

漂动有鱼情

岁　月

岁月无影不停留

物华荣枯经春秋

昔日父母精壮体

忍看老迈泪花流

雨　帘

目有惊奇念

滂沱雨注天

垂垂断珠串

密密落雨帘

珠碎欲飞花

气短归流潺

风动雨声急

水积流深浅

夏　夜

闷热无眠床

汗流徘徊窗

摇扇夜深静

无风叶不响

倦来哈欠长

静坐闭目养

消夏总须忍

留待天光亮

晚　霞

天光向晚红

日落坠苍穹

余晖暖心照

飞霞情意浓

极目三千里

披霞云步送

莫道天象奇

巧遇睹形容

烟云幻境

写意天际间

江山烟云幻

波涛阔流长

叠嶂高耸天

葱郁苍劲树

倒影水中悬

几处江中洲

唱晚归来船

赛里木湖

天山藏净湖

秀美映雪域

波阔深沉远

碧水白云居

驭马踏残雪

牧羊饮甸驴

鸿毛珍禽戏

浪清觅游鱼

鹿岛仙踪

鹿岛踏浪觅仙踪

东海弄云玉环笼

千龛洞佛缥缈境

仙人欲渡过龙宫

山色青翠洗龙潭

岛石光彩夺画工

索桥身悬凌空步

临崖望海波涛纵